KB171146

경의선 숲길을 걷고 있어

김이강

경의선 숲길을 걷고 있어

김이강

PIN
052

차례

PIN

052

경의선 숲길을 걷고 있어

김이강

시

우리 어째서 한 번에 23초까지만 찍을 수 있는 카메라를 그곳에 가져갔을까?*

이상하지 한파 때문에 한산한 이대 앞 거리였는데
우리가 구경한 옷들은 모두 여름의 셔츠들이었어

길은 어디로나 열려 있어서
미로에 갇힌 것처럼 걷고 또 걸을 뿐이었는데

언덕으로 난 골목길 틈에 있는
무슨 인형 가게 간판 같은 것을 오래 보기도 했지

고통 뒤에는 언제나 영혼이 있어**
생각하는 동안 우리도 모르게

아름다운 캠퍼스 지역에 다다랐는데
거긴 넓고 많고 무엇이나 가득 차 있는 것 같았지

나오니 여름이다

너는 단발이 되어 있고

밤의 캠퍼스 바깥으로 아직

저녁이 머물고 있다

여긴 여전히 한산하고 텅 비어 있어

우린 더 긴 그림자를 가지게 되겠네

저녁 뒤에는 언제나 구름 같은 게 있고

* 김민정, 「선유후부가」, 4K 비디오, 스테레오 사운드, 12:30,
2021/2024.
** 오스카 와일드, 『심연으로부터』, 박명숙 옮김, 문학동네,
2015.

바케크, 침묵, 날씨 같은 것

열린 문을 닫고
장소에 대해 말한다

말하기를 주저하면서
유리창 밖으로 달리는 밤

그러니까 그곳은 안국 너머인데
근처엔 종묘가 있고요

도무지 설명은 되지 않고
택시 기사가 참을성 있게 기다리는 일

가면서 이야기할 수 있을까요?
기사가 고개를 끄덕인다

묘사가 금지된 장소에 대해

나는 말하기 시작한다

바케크라고 한대요, 그 사람이 세우는 게시판을,

이탈리아어인지,

어떤 벽 같은 거래요

그러니까 지도 같은 것일지도 모르고

안내판 같은 건가요?

기사가 처음으로 말한다

–

아뇨, 날씨 같은 것, 같기도 하고요

나는 버튼을 눌러 창유리를 닫는다

더운 공기를 차단하는 것 같은, 그런 건 아니겠죠?

–

며칠 전에 카페에서 엿들은 얘긴데
비 오는 날엔 동묘에 가야 한대요
저 그냥 동묘로 데려가주시면 어때요?

–

어떻다고 생각하는지

그러니까 사람을 동묘에 데려다주는 일에 대해
그걸 어떻다고 말할 수 있을지에 대해
바케크, 지도, 날씨 같은 것에 대해

−

−

근처에 로터리가 있었어요
기사가 말한다
아주 오래전이었죠

택시는 유턴을 시작한다

안국 너머, 공예 박물관, 비는 내리지만

희곡집을 읽었다
비는 내리지만 테라스에 앉아서
비를 보지 않고 책을 보면서

상연된 것을 떠올리며
그것을 읽었다

둘은 서로 살아나서
테라스로 온다

옆자리에 개를 데려온 사람들이 있다

한 사람이 개를 안고
다른 사람은 곁에 앉고
둘은 서로 사랑하는 것 같다

사랑하면서 사랑에 대해 생각하지 않고
개를 안고
비를 바라보는 것 같다

집으로 돌아가면
개에게 간식을 주고
자기들의 책을 읽겠지

처마 아래서
사람들이 우산을 턴다

밤의 표면

발밑의 세계에서는 오래전 동유럽에서 만들었다는 영활 상영 중이다. 헐거워진 너와 내가 어둠 속에 파묻혀 있다. 모든 걸 기억하고 전혀 잠들지 못하는 사람에 대해 읽은 적이 있어. 그건 저주잖아. 옥상을 둘러싼 담은 어쩐지 높지만 가까이 가면 낮아지고 사람의 얼굴은 안쪽으로 들어갈수록 움푹 패인 지형을 이룬다. 시간이 지나면 오래된 극장 건물 옥상처럼 비와 바람을 맞은 의자들이 뒹굴게 된다. 긴 의자, 짧은 의자, 등받이 의자, 녹슨 의자, 갈라진 의자, 하나같이 수상하게 아직 버려지지 않은 듯이, 서 있는

밤의 사막에서
너는 말했다.

믿음이 다 뭐야? 그렇지만 최승자는 믿지.
깔깔깔 웃음소리가 공중에 퍼졌다.

　적층되지 않는 밤의 모래 속
　우린 아무것도 기억하지 못하고
　같은 장면 속에서 영원히 부는 바람 같고

　거기 있소? 손전등을 든 관리인이 올라와 우릴
향해 묻는다. 다시 깔깔깔, 예, 여기 있어요. 그는
말없이 돌아선다. 곧 내려가려고 해요. 그가 우릴
믿을까?

　우리가 웃음이 되어 나갈 때
　상영은 끝나고
　비가 내리기 시작했다.

관리인이 의자들을 조용히 안쪽으로 들여놓는

모습을

　　분명하게 목격할 수 있었다.

　　나중에 뒤돌아보았을 때

　　손전등을 들고

　　우산을 쓰지 않은

날개

서글프지 말고 잠을 푹 자렴
너는 말하네
머리맡에서 나를 쓰다듬지
나는 네가 너인 것을 알면서
천사라고 생각해

네가 너이면서 천사일 수 있다고
생각하다보면
얕은 잠들이
안개처럼 바닥으로부터 피어 나와 흩어지길 반
복하지

불빛들이 꺼져가는 것을 본 것 같아

우리 이렇게 가늘어지기를

매일 반복해야 한다면

두터운 낮에
짙은 밤에

나는 네가

우리 모두의 여름밤

가니와 준 미야케, 수호, 그리고
우리 모두의 여름밤
둥그런 테이블에 앉아
서로를 바라보는 밤

가니에게서 무언가 튀어나온 것을
테이블 위로 그것이 내려앉기 시작하는 것을
지켜보는 밤

그건 가니의 동굴이었다
가니의 작은 얼굴, 동굴, 둥그런, 깃털, 날개, 빛,
구멍, 우리의 영원과 그것의 주변, 준 미야케에게
달려가는, 소리, 파동, 수호, 다리를 겹치고, 발끝과
발끝이 만나 우리를 에워싸는 것을,
　말할 수 있는 자는 이 장소에 없다

방금 그게 뭐였지?
가니가 침착하게 말한다

자기 얼굴에 일어난 일과
얼굴 바깥에 일어난 일 사이에서
가니가 선택한 것이 무엇인지 알 수 없다

레모네이드, 사라지는, 얼음, 그런 것들이 순서
를 바꾸고

새벽 거리에 아직 듬성듬성 아이들이 서성인다
모두가 연루된 밤

파란 날개 속에 숨어 있는

가니와 준 미야케, 그리고 수호를 본 것 같다

서점에서 마을로 이어지는 문제

길을 건너는데 튜브 장수들이 우리에게 튜브를 권한다. 반납하고 돌아오는 길이에요.

긴 의자에 누워 있는 너를 물끄러미 내려보다가 태양에 노출된 얼굴을 덮어준 일. 너는 깨어나고 만다. 젖은 옷은 모래처럼 말라버렸으니 바다를 덮는다. 바다를 읽었듯이

크림수프와 빵을 먹었어. 그다지 온기가 있는 건 아니었지. 그러나 마음을 먹을 수 있다. 따뜻한 음식을 먹으면서 생각한 거야. J, 네 이름엔 이런 알파벳이 없지만. 서점에서 출발하면 은평구 어느 마을에 닿는다. 서점으로부터 낮아졌다 구부러지는 길, 길들. 여름에 겨울에 오는 비, 비들.

긴팔을 제일 처음 입는 사람이 연락하기로 하자. 사이엔 어디로 흩어져 있어야 할지. K의 눈빛이 흔들린다. 그의 그림 속에서 아이들은 모두 두터운 외투를 입은 것 같다. 냉장고에서 보석바를 꺼내 흔든 건 J. 그가 보석바를 먹는다. 그런 걸 자주 먹으면 가장 먼저 긴팔을 입게 되겠지. 가장 먼저 달콤하고 가장 먼저 춥고

가장 먼저 일요일로 간다. 좁아지는 길들엔 집들이 많고 작은 자동차들이 담벼락마다 붙어 있고 전봇대, 쓰레기 더미, 편의점, 간이 테라스, 간이 테이블, 간이 의자, 촛불 켜고 앉아서. 멀리에 넓어지는 길들이 보인다. 좋은 마을들이 좋은 마을들로 이어진다. 은평구라는 말이 좋아서 여기에 왔다고 아직 짧은 소매를 입고 연락을 한다. 짧은 이야기들. 은

평구는 착각이었어. 거긴 성북구잖아. 맞아. 성북구. 길들이 둥그렇게 올라가는 마을 말이야. K의 그림 속에 모인 아이들은 길 위에 있지 않다. 단지 종이 표면 같은

J의 보석바가 없어져갈 때쯤이다. 푹신한 소파에 셋은 비스듬히 누워서 말한다. 둘은 독문학 수업을 들으러 가야하고 둘은 재즈의 역사를 들으러 가야한다. 그럼 누가 동시에 두 개의 수업을 듣는 것인가? 보석은 사라지고 형해처럼 남은 나무 막대기를 동시에 바라보고 있다.

아이들은 아직 튜브 위에 엎드려 떠다니고 있다. 나는 모래 위에서 외친다. 반납하고 가야지이— 손바닥을 모아 소리를 멀리로 보낸다. 그 애들은 이제

막 시작된 것 같다.

그건 바람이었어

그는 비탈진 집 우리 집은 연못 방향이다. 한 번도 물이 고여 있는 걸 본 적이 없는 연못은 오래전부터 흙바닥일 뿐인데 우리 집은 연못 방향. 길이 갈라지기 직전에 그가 서 있다. 오래전엔 아이였고 이젠 커다랗고 상냥한 요원이 되었다. 우현은 자기를 사랑하는 여자 덕에 빚을 갚고 요원 생활을 정리한 적이 있다. 그 여자에게 덕이 있었는데 헤어지게 되어서 몸이 갈라지기 직전이라고 말하며 웃었다.

우현을 우현으로 부르는 사람은 나밖에 없다고 우현이 말한다. 친구들은 그를 놀리듯이 요원이라고 부른다. 요원이라는 말은 중요한 사람이라는 뜻인데. 그는 한때 요원이 아니게 되어서 홀가분했다고 말한다. 누구나 요원 생활 같은 게 있다. 중요한 사람이 되었을 때 그걸 믿어야 하는데. 우현은 그걸 믿었을까. 네가 어릴 때 내 손을 잡고 우리 집에 데려다준 적 있잖아. 그런 일도 있었어? 응. 네가 던진 공에 맞아서 내가 울었거든. 미안하다고 말했는데도 그치지 않으니까.

우현이 대문 앞에서 마지막 미안하다를 말하려는 찰나에 우리 집 대문은 열렸고 우현은 재빨리 도망가 버렸다. 그건 바람이었어. 우현은 믿지 않는다. 그 앤 공을 좋아하지 않았고 누군가와 그것을 가지고 함께 논 적도 없다. 인형을 던졌다면 모를까, 공은 아닐 거야. 그래? 그럼 인형이었겠네. 난 울었고 너는 내 손을 잡고 사과를 했고 바람은 불었지. 키가 훌쩍 자라기 시작했을 때 우현은 먼 항구 도시로 도망갔다. 거기서 자길 바꾸려고 했지만 잘 되지 않았다.

어쨌든 몸이 갈라지진 않았으니까. 그가 다시 웃는다. 연못 방향에서 갈림길로 내려와 비탈길로 올랐다. 이렇게 살다 죽진 않을 거야. 이렇게 살다 죽진 않을 것이다. 그렇지만 잘 모르겠다. 저렇게 살다 죽겠다는 뜻일지. 이렇게 계속 죽지 않고 살아갈 것인지. 그런 걸 반복하며 우린 비탈길과 연못 방향을 번갈아 걷는다. 사실 이젠 우리 집도 우현의 집도 이곳에 없다. 우리가 왜 여기로 와서 만났는지. 그것에 대해서만은 점점 더 알 수 있을지 모른다.

저 아래 바닷가에 있는 호텔 말이야. 응. 알지. 전에 장례식장이었잖아? 그래. 화장터였지. 무서울까? 지금은 하얗고 아늑하겠지. 그래. 바다도 보이고 아름답겠지. 아무 일도 일어나지 않고, 달게 자

고 나오겠지. 우현은 지갑에서 덕이 있는 그 여자의
사진을 꺼내어 보여준다. 배경에는 미러볼이 흐릿
하게 떠 있다. 빛이 반사되어 얼굴은 잘 보이지 않
는다.

달게 자고 나올 수 있다면.
우현의 질문에 나는 말했다.

패티 스미스

패티 스미스와 로버트 메이플소프에 대해 이야기하려던 거였는데 내 입에선 이언 소프라는 이름이 튀어나왔다. 아무튼 너에겐 정정해주었고 나는 이 얘길 패티 스미스의 음악이 흘러나오는 장소에서 하는 중이야. 두 사람이라는 존재 방식에 대해. 그러니까 윈터 보텀이 아닌 썸머 와인 같은 것에 대해. 조금은 틀렸어. 모든 비유가 조금은 비스듬한 것처럼. 나는 너라고 말하면서 다른 사람을 생각하고 또 다른 사람을 생각할 때 다른 너를 생각하고 정체를 알 수 없는 구름이나 비참하게 죽은 소설가를 생각하고 어떨 땐 위대한 시를 생각해. 태양을 향해 함께 몰려가는 수식어들 같은 거야. 바닷가에서 뛰어 놀았지. 우리가 눕는 곳으로부터 얼마 되지 않은 곳에서 죽은 애들이 뛰어 노는 것도 함께 보았는데, 믿기지 않아서 더 강렬하게 믿을 수밖에. 그 애들을 데리고 함께 놀았다고 나중에 생각하게 되었지. 가장 확실한 증거는 그 애들과 함께 누웠던 모래밭. 모래를 털며 일어났잖아. 나란히 누운 자리들이 움푹 패여 있다가 파도가 치면서 조금씩, 발가락부터 발목, 무릎, 허리, 목, 얼굴, 순서대로 지워지고 평평한 모래가 되어 아무 일도 없었던 것처럼. 그런 게 이렇게 증거가 되어 남아 있어. 양초는 다 타버렸다. 라벤더 향도 끝났어. 이젠 지겨워. 하지만, 이라고 덧붙이는 문장을 이어서 쓰기 싫다. 편리한 게 지겨워서 땀을 뻘뻘 흘리며 걷는 여름. 아이들은 모두 강물을 구경하러 나와서 맥주를 마시고 춤을 추며 논다. 강물에 비친 밤의 빛들. 바다로부터 멀리 떨어져 나와서 오래 모래를 털었지. 신발을 뒤집으면 끝없이 쏟아져 나오는. 증거가 있다면 너와 나, 서로일 뿐이겠지. 우주라는 말은 누가 발명했을까. 이렇게 생긴 글자를 우주라고 읽을 수 있다. 끝없이 쏟아져 나오는 우주가 존재하는 일은 사실이라 읽지 않고 실존이라 읽는대. 모두 오래전 흔적이라서 그래. 어떤 날은 내가 없는 곳에서 끝없이 쏟아지는 것들이 있어. 그것을 아주 먼 미래에 맞으면서.

너는 또 아무것도 가지고 나오지 않았어. 우산도 없고 신발은 얇고, 오래전부터 준다던 책도 음반도 아무것도. 오늘은 어디로 갈까, 분명히 생각하고 움직였는데, 얼마 전에 왔던 장소에 오늘 다시 도착해 있다. 우리 여길 왔었어. 낄낄 웃는다.

테라스: 일시정지

소파에 앉아 앞발을 들고 책을 읽는 한낮

낮은 소파에서
낮은 책을 읽는다
책처럼 생긴 상자가 된다
불구의 점들로 이루어진 오후

개를 산책시키기 위해서는 개를 길러야 한다
그렇지만 개를 기르기 위해서는
태어났거나 유기된
개들을 알아야 하지 않나
보호소에서 보호를 받는 개들에게
나를 보여줘야 하지 않나
보호를 받는 개들은 많지 않다
그 애들이 그곳을 나오려 하면

다른 개가 되는 것인데

맞은편엔 진회색 벽돌담이 있고
담벼락을 따라 식물들이 자라고
나풀거리는 골목길이 있다
아름다운 털의 능선이 있다
테라스는 잠시 동안 없어진 것이라고 카페 직원
은 말한다
테라스가 아니어도 괜찮다
테라스에게 나를 보여주지 않아도 되니까
낮은 소파의 맛

낮엔 책을 읽고
밤엔 덮는다

여름의 개들은 여름에
가을의 개들은 가을에
밤과 낮의 테라스에 온다

그 애들은 이제 밤과 낮의 소파도 안다

밤과 낮의
다른 개들에 대해서

회합

해가 지는 것을 보는데 곧 틀어질 것 같은 얼굴

섬세하고 정의로운 사람들을 생각하며
당신은 디저트를 만든다

누군가 여럿 이곳으로 오고 있다고
함께하지 않겠냐고
익힌 토마토의 껍질을 벗기며 말한다
피어오르는 하얀 혼령 같은 것들

저는 잘 모르는 사람들인걸요
칼질을 하는 당신의 도마와 칼날 사이로
아직 미숙한 저녁 해가 들어왔을 때

우린 알 수 있었다

당신은 그들에 대해 말하기 시작한다

그리워하며 기다릴 수 있도록

나에게 기울인다

식탁에 앉아

등 뒤로 사라지는 해를

한참 구경했다

트램을 타고

트램을 타고
공장 지대까지 갔다

바깥이 지나가자
느리게 다가오는 저녁

낡은 아파트 베란다를 오래 훔쳐보았다
멕시코인들이 거주하는 구역이라고 그가 말한다

여러 칸의 베란다마다
다른 시간들이 있다
햐얀 셔츠를 입은 사람이 난간에
팔꿈치를 올려두고 서 있다
그 사람은 멀리서
트램이 서서히 멈추었다 출발하는 장면을

구경하고 있는 것 같다

저녁 무렵 불빛을 달고 달리는 트램은

멀어져가는 시간일 것이다

우린 서로의 벤치에 앉는다

서점으로 돌아가는 문제

시위대 행렬이 이어지는 노동절
비탈길 아래 작은 서점에서 책을 구경했다

비탈길 계단을 걸어 오를 것인지
옥외 엘리베이터를 기다릴 것인지
그렇지만 엘리베이터는 자꾸만 만원이 되어 밀
려나고
우린 시위대 행렬과 나란히 걷기 시작한다
행렬은 말이 없다
걷기 위해 나온 크루들 같다
무한히 이 길을 걸을 수 있으면 좋은데
경찰이 있고 사이렌이 있다
나무들 사이로 엷은 햇빛
우린 다시 서점으로 돌아갈 결심을 한다
비탈길을 걸어 오르자고 한다

그렇지만 그 방향에서도 통제가 시작되었다

우리 가운데 가장 어린 크루원이 묻는다
크루원들은 무엇인가 말을 해보려고 한다
걷기에 대해 휴일에 대해
모자를 나누어 쓰는 일에 대해
서울의 굴곡진 길들 곧은 길들 망망한 길들
서점의 작은 간판이 희미하게 보인다

네거리에 이르자 해가 기울어
신호등 색이 선명하다

로터리에서 7시 방향

　지난번에 놀이공원에서 샀던 백호 인형 있잖아. 밤엔 고양이로 변해서 돌아다니는 것 같아. 그래? 그럴지도 모르지. 아무래도 호랑이보다는 고양이가 더 편리해서일까. 아무래도 그런가. 대학병원 장례식장 맞은편에 아름다운 창경궁이 있다는 게 이상하기도 하고. 자연스럽기도 하지. 로터리에서 7시 방향으로 가자. 7시 방향으로 접어들면 해가 근사하게 들어오는 카페가 있다. 자희가 근처에서 극단 생활을 할 때 자주 들른 곳이다. 자희를 보러 가서 오래 기다리곤 했던 곳. 극단에 속해 있는 동안 그는 자주 고뇌하는 철학자 같은 표정으로 걸어오곤 했다. 그건 자희가 맡은 역할이 부조리극을 연출하는 인물이었기 때문이었다. 그 극의 제목이 뭐였지?

백호에 대해서라면 나는 당분간 침묵하기로 했
다. 나는 자희와 놀이공원에 간 적도 백호 인형을
산 적도 없기 때문이다. 자희의 방에도 인형 따윈
없다. 그렇지만 자희의 밤만은 자명한 현실일지 모
르니까. 그의 발목 뒷면이 뾰족하게 걷는다. 양쪽으
로 움푹 파였다가 전진하고 오목해졌다가 채워진
다. 갈라지며 걷는 자희.

　어디까지 걸어야 할지 몰라서
　우린 모든 것을 지나치는 중인 것 같다
　카페는 나오지 않는다
　어쩌면 자희도 침묵하는 것이 있을지 모른다

신발을 구겨 신어서 그래. 맨발이어서 그렇겠지.
구겨진 뒤꿈치 위에 또 뒤꿈치. 길 위의 발목들. 빛

난다고는 할 수 없었다. 서늘한 가을바람이 한기로 변해가는 즈음인 것 같다. 갈라지고 전진하는 동안 우린 서울이었다. 서울에 묻히게 될까? 그런데 그 극의 제목이 뭐였지? 자희의 입술이 움직이는 것 같았다.

발이 아플 때쯤 쉬기로 했다
오목해졌다가 채워지는 뼈들의 틈새처럼
아무렇지도 않게

*

밤이 되면 우리의 편리한 형태에 대해 고민해보기로 한다. 공간에 따라 세분화하면 복잡한 일이 되었다. 한편으로 우린 우리의 발목과 걷는 발을 너무

사랑하는 것 아닐지. 아무래도 그런 게 문제가 될
것이다.

베를린 종이

오늘 베들럼을 베를린으로 읽었어
모든 것에 대한 단 하나의 발음

어떤 종이는 두꺼운 것만이 문제야
여러 겹인 것처럼

자꾸만 만지게 되고
전혀 분리되지 않는

너의 발명

턱을 괴고 안경 너머로
방치된 밤들을 물끄러미 바라보는

털옷을 입고 거기 앉아서

종일 덥겠구나 생각하면

너는 어쩌면 커다란
곰돌이 인형 같은 것일지도

수제 인형이라고 주인이 말했지
함부로 세탁할 수 없다고

어쩔 수 없지
캄캄하게 앉아 있는 것으로 남아 있는

어떤 종이는 전혀 뭉쳐지지 않고
어떤 종이는

선을 따라 자르면

사람이 되어
옷을 입고
모자를 쓰고
다가와서 물을 달라고 한다
베들럼이 적힌 종이를 찾아서 보여달라고

너의 말로는
실제로는 베를린일 거라고

하지만 알다시피
나는 그 종이를 찾을 수 없을 거야

새벽 두 시
서가를 뒤엎기 시작했어

여름 한낮

버스가 다니는 길거리의 테이블에 앉았다가
커피도 마시고 서점에도 갔다

초록 잔디에서 쉬는 동안
작은 콩새가 풀밭에서 먹이를 먹은 일
환한 여름 한낮에

극장을 위한 여름

내가 아직 극장에 있을 때
바깥에서 너는 나에게 전화를 걸고 또 걸었는데

너는 몰랐겠지만 나 그 영활 아주 좋아하던 중이
었어
그 영활 보며 널 아주 많이 생각하던 중이었어

너에게서 여러 번째 전화가 걸려올 때
정말로 일어나서 극장 밖으로 나가야 할지
나가서 네 전활 받아야 할지
초조해졌지

그런데 문득 깨달은 거야
이건 정말 꿈이 아니라는 걸

다급하게 극장 문을 열고 환한 빛을 보았을 때
네가 그 앞에 서 있을 줄 몰랐지
빛 속에서
빛을 등지고 서 있는 네 얼굴이 까맣게 보였지

빛 속에서
나는 네 손을 잡고
이 영화로 초대한다

너도 알게 될 거야
아름다운 영화인 것을

중간에 놓친 부분은
새롭게 쓸 수 있다는 것을

어둠 속에 앉아서 비로소

네 얼굴을 보았을 때

스크린 빛이 밝아졌을 때

누군가 물 한 잔과 커피 한 잔을

깨끗이 비우고 일어서는 장면이 펼쳐진다

PIN

052

경의선 숲길을 걷고 있어

김이강

에세이

경의선 숲길을 걷고 있어

1. 정황

택시를 부를까 여러 번 고민했다. 다음 골목으로 들어서서 걷다가 다음 골목 또 다음 골목으로 걸었다. 그렇지만 금세 지치고 피로해지기 시작한다. 인간은 금세 지치고 피로해지고 만다.

2. 니나 시모네

벽에 걸린 레코드판들 가운데 니나 시모네를 골랐다. 전부 고전이었다. 일부러 고르고 골라 걸어둔 것이라고 그가 말한다. 그의 위스키와 나의 맥주가 거의 줄어들지 않으면서 시간이 흘러간다. 거의 줄어들진 않으면서 아주 조금씩 줄어들고 있는 시간. 그런 건 매일 똑같은 얼굴 같고 멀게 남은 미래 같다. 알고 보면 아주 조금씩, 그러다가 갑자기 돌변해버리는 것들.

손가락을 접어보진 않으면서 우린 해를 세어본다. 이번엔 몇 년 만인가. 그 얘긴 깊은 새벽녘이 되어서도 한 번씩 꺼낸다. 그때가 그러니까 2020년이었나? 아니지, 코로나 이전이었나?

3. 가죽점퍼

'어디야?' 그에게서 메시지가 온다. 이 세 글자와 물음표가 있으면 그다음엔 장소들로 이어진다. '어디야?' '경의선 숲길을 걷고 있어.' 답을 하고 고개를 드는데 그가 내 앞에서, 내 쪽을 향하여 걷고 있다. 마치 멀리서부터 서로의 모습을 보며 걷던 중인 것 같은 기분이 든다. 그 애의 가죽점퍼가 부드러웠다. 오랜만이야 하고 손을 대어보니 그랬다. 반갑다고는 표현할 수 없었다. 그 앤 아주 오랫동안 비슷한 얼굴빛이고 목소리나 걸음걸이도 그대로다. 몇 년에 걸쳐 조금씩 '어디'로 다가오던 중에 만난 것 같다. 어디야? 물으면 우리가 만날 수 있다는 건 신기한 일이다.

얼굴을 오래 들여다보지 않고 우린 나란히 선다. 나란히 걸었던 적이 많지 않았던 것 같다. 늘 짧게 서 있다가 마주 보고 앉았기 때문일 것이다.

4. 위스키, 맥주, 발코니

긴 소파에 나란히 앉았다. 마주 보지 않고 나란히 앉은 일이 좋다. 우리의 전면에 커다란 앨범 재킷들이 매달린 벽이 있고 노란 조명들이 있고 무릎 아래 테이블이 있는 게 좋다. 그는 위스키를 마시고 나는 맥주를 마시는 게, 같은 속도로 눈물만큼만 마시는 게.

처음엔 나에게 아주 예쁜 검은 카디건을 내어주었다가, 푸른색 얇은 셔츠를 내어준다. 여기까지 오느라 땀이 나고 더웠는데, 마침 이곳은 카페나 맥주 가게가 아니라 그 애의 집이니까. 옷을 빌려 입을 수 있다는 게 기쁘다. 푸른 셔츠를 입고 나니 이곳은 더 아늑해진다. 그는 자기에게 일어난 일들을 새벽까지 이야기한다. 나에게는 무슨 일들이 일어났는가. 그 애의 발코니에서 우리 동네가 보인다. 멀리에 불빛이 반짝이는 곳을 그가 가리킨다. 세상에. 반가웠다. 정말로 점의 속도로 점점이 오늘 이곳으로 만나러 오고 있었던 것 같다.

그에게 무슨 얘길 했는가. 몇 해 전부터 더 만나지 못하는 너에 대해 이야기한다. 다른 누구에게보다 다른 방식으로 얘기한다. 그 앤 표정이 없는데 다정하다. 다정하고 쓸쓸하다. 쓸쓸하고 유머러스하다. 너에 대한 얘긴 조금씩 흘러간다. 위스키 한

모금만큼만 조금씩.

5. 얼굴의 세계

그는 한참 걸어야 한다고 말한다. 그 애의 집에 가는 건 처음이다. 아이들이 서울 생활을 시작하던 무렵, 이렇게 저렇게 서로의 집으로 몰려들 때에도 그 애의 집엔 갈 일이 없었다. 이젠 너무 자라버려서 그런 방식으로 누군가의 집에 가진 않는다. 하지만 지금 우린 그런 방식으로 그의 집에 가려는 참이다. 가을이 깊어가는 밤길에 우린 다시 얼굴을 바라본다. 걷고 이야기하면서 바라보는 얼굴은 조금 다른 세계에 있다. 이야기를 하고 있지만 그의 깊은 얼굴을 유심히 바라보고 있다. 걷고 있지만 그의 기울어진 어깨를 따라 비뚤하게 걸쳐진 점퍼를 살핀다. 정말로 한참을 걸었다. 추위는 가시고 조금씩 후텁해지기 시작한다. 내 가죽점퍼도 그의 가죽점퍼도 조금씩 늘어진 채 가로등 아래를 지날 때마다 약하게 빛을 반사한다.

내 점퍼를 그 애의 식탁 의자에 걸어 둔다. 그는 없다. 어디야? 내가 물었을 때 외투를 벗은 그가 방에서 나왔다.

6. 사랑은 지옥에서 온 개

"2번 트랙 맞아?" 그가 묻는다. "응. A면이야." 잠시 후 나나 시모네가 흘러나온다. 그 애의 거실엔 다양한 식물들이 자라고 있다. 화분을 키우는 그 앨 놀리듯 바라보며 웃었다. 자세히 보니 식물들은 건강하고 곧은 초록빛이다. 그가 자랑스럽다. 화분을 정성스럽게 돌보는 사람으로 살고 있었다는 게. 우리가 점점이 만나러 오는 시간 동안 그의 생활에 다정한 구역이 있었다는 게. 그런 게 그에게 묻어 있다는 게. 그는 앤 섹스턴에 대해 얘길한다. 찰스 부코스키에 대해서도. 사뮈엘 베케트에 대해서도. 결국 그는 자기 책장에서 책을 몇 가지 꺼내온다. 우린 동의한다. 무엇에 대해서였던가. 어린 시절 기형도 시집을 읽었던 것처럼. 그게 우리의 중요한 코드

72

였던 것처럼. 다른 아이들은 모두 어디에서 무슨 책을 읽고 있을까. 그런 생각을 할 때쯤 그가 독일로 간 애에 대해 묻는다. 그 앤 서울에서 머물다가 책을 한 권 번역한 후 다시 독일로 갔다. "그 사람에게 돌아갔던 것 같아." "다행이네."

그가 니나 시모네를 B면으로 뒤집는다. 그는 결국 오랫동안 자길 괴롭히던 사람에게 돌아가지 않기로 결정했다고 말한다. 애처로운 그 사람도 더는 연락을 하지 않는다. 모든 타이밍이 끝나갈 때쯤 지금의 애인이 나타났다. 주변이 식물들로 가득한 소파에 푹 기댄다. 나에게 주려던 검은 카디건은 그가 입고 있다.

7. 빙 두르기

택시는 그의 아파트를 빙 둘러가고 있다. 그가 택시 기사에게 말했기 때문이다. "저기서 차를 돌려 나가주세요." 택시 기사는 그렇게 했다. 저기라고 생각되는 곳에서 차를 부드럽게 돌렸다. 잠시 후 그에게서 전화가 온다. 그쪽엔 길이 없다. 빙 두르지 않고 차를 반대로 돌렸어야만 했다. 아하. 택시 기사와 내가 한꺼번에 깨닫는다.

잠시 후 차는 후진한다.

8. 무대

나는 다시 걷고 싶다고 말한다. 괜찮다면 우리가 마주친 장소까지 함께 걸어갈 텐지. 그가 기꺼이 그러겠다고 나선다. 방에 들어간 그가 점퍼를 걸치고 나온다. 우린 옥상에 잠시 들른다. 문이 잠겨 있지 않다는 사실에 나는 잠시 위험하고 얼떨떨한 기분을 느낀다. 그 애의 발코니처럼 옥상에서도 멀리에 불빛이 반짝이는 것이 보인다. 우리 동네가 보인다. 건물과 건물 틈 사이로 한강의 일부가 보이는 것도 알게 된다. 이렇게 깜깜하고 막막한 장소가 익숙하게 여겨진다. 언제인가 와본 것 같다. 그곳도 그와 함께였다. 어쩌면 다른 아이들도 함께였을 것이다. 우린 그곳에서 잠시 추위에 떨며 서 있다.

그는 이제 다시, 아니 새롭게, 공연을 시작한다. 무대에 서는 게 고통스러워서 그만 둔 적이 있었지만.

9. 풀잎들

고통에 어떤 방식으로 직면해 있는지 뒤늦게 알게 되기도 한다. 나는 고통에 대해 생각해보려고 한다. 느끼는 것을 생각으로 바꾸어보려고 한다. 그러나 느낌은 강렬하고 생각은 뿌옇다. 옥상의 암흑 같다. 너머에 빛이 있지는 않다. 강물 같은 것도 없을 것이다. 너와 함께 그 애의 공연을 본 적이 있었던가?

잘 도착했다는 메시지를 보냈다. 그는 최근에 만든 음악을 보내온다. 누군가에게서 음악을 파일로 받은 일은 여러 해 만이다. 며칠 전엔 메일함을 정리하다가 음악이 첨부된 메일들이 따로 분류된 폴더를 발견했다. 주로 너의 짧은 이야기들과 파일들. 내가 되돌려준 것들. 너의 형상. 너라는 인간의 형상에 대해.

알 수는 없을 것이다. 너는 이제 나에게 더듬고 짚어가는 대상이 되었으니. 그렇지만 네가 내 곁에 실재하여 함께 걷는 동안에도 그다지 다르진 않았지. 풀잎처럼 날리는 앞머리들.

10. 과도기의 음악

실제론 그의 공연에 자주 가진 않았다. 클럽에서 만나 공연 전에 맥주를 한잔하고 무대에 오르는 그를 지켜보기도 했는데 그건 좀 어색한 일이었다. 나는 그의 새 음악을 남은 새벽 동안 듣는다. 그보다 전에는 함께 객석에 앉아 있곤 했다. 침울한 밴드들이 무대에 올라 침울하게 서서 흥얼거리는 모습을 보았다. 그것도 어색하긴 마찬가지였지만 팔짱을 끼고 아이들과 우르르 나란히 앉아 있기엔 좋았던 것 같다. 나중엔 그런 무대에 그 애가 오르게 될 것이었다. 그 나중이 오기 전까지 과도기 동안 그 앤 아이들에게 이런저런 역할을 제안했다. 어떤 애는 피리를 부는 사람이고 어떤 애는 신디사이저 제

공자, 나는 보컬이라고 했다. 웃기고 재밌게 무산될 것을 알았지만 어느 정도는 믿어볼 만한 미래이기도 했다. 지옥에서 온 개로 인해 망치고 말게 될 것도 알았던가.

11. 열린 문을 잡고

새벽은 춥다. 우린 걷기를 포기해야 할 것 같다. 만났던 곳까지 다시 걷기엔 춥고 멀고 깊다. 춥고 멀고 깊게 새벽을 걷고 싶기도 했지만 그는 내일 아침 일을 하러 나가야 할 것이다. 감기에 걸리면 얼마 뒤 있을 공연에 문제가 생길 것이다. 결국 우린 택시를 부르기로 한다. 눈앞에 보이는 우리 동네로 금세 실어다 줄 택시. 마음과는 다른 방향으로 행동하는 것에 익숙한 영역들. 택시는 5분도 지나지 않아 우리 쪽으로 온다. 바로 곁엔 군부대가 있다고 그가 말한다. 서울 한복판의 도심에서 언덕길을 조금 공들여 오르면 고즈넉한 동네가 있고 군부대가 있다.

멀리서 택시의 헤드라이트가 보일 때쯤 우린 인사를 한다. 또 보게 될 것이다. 그의 공연에 가고 싶다고 말하지만 가겠다고는 말하지 않는다. 그도 확실한 약속을 요구하지 않는다. 서성이는 밤. 택시문을 열고 뒷좌석에 앉자 그가 열린 문을 잡고 택시 기사에게 말한다. "저쪽에서 차를 돌려 나가주세요." 아래쪽으로 가면 막다른 길이다. 눈으로 보아선 금세 아래쪽으로 가로지를 수 있을 것 같은데.

우린 다시 수년 만큼 헤어지게 된다. 그는 마침내 잡았던 택시의 문을 놓으며 뒤로 물러선다. 그 자리에 서서 택시가 가는 길을 확인하고 있을 것이다.

12. 장례식

아버지의 장례식에 대해선 묻지 않는다. 편의점을 지나면서 맥주를 한 캔 사기로 한다. 과자도 한 봉지. 집엔 술이 아주 많다고 한다. 맥주만 없다고 했기 때문에 맥주를 산다. 왜 아직도 그대로인지 그 앤 내게 묻는다. 우린 서로 그런 말을 하곤 하는데,

그건 우리가 얼굴을 보지 않기 때문이다. 무엇을 보고 있던가. 언덕을 넘게 될 새벽을 이제 막 오르는 참이다.

경의선 숲길을 걷고 있어

지은이 김이강
펴낸이 김영정

초판 1쇄 펴낸날 2024년 8월 25일

펴낸곳 (주)현대문학
등록번호 제1-452호
주소 06532 서울시 서초구 신반포로 321(잠원동, 미래엔)
전화 02-2017-0280
팩스 02-516-5433
홈페이지 www.hdmh.co.kr

ISBN 979-11-6790-265-8 (04810)
ISBN 979-11-6790-228-3 (세트)

* 책값은 뒤표지에 있습니다.

현대문학 핀 시리즈 시인선